JOSIAS MARINHO

BATEÇÃO

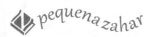

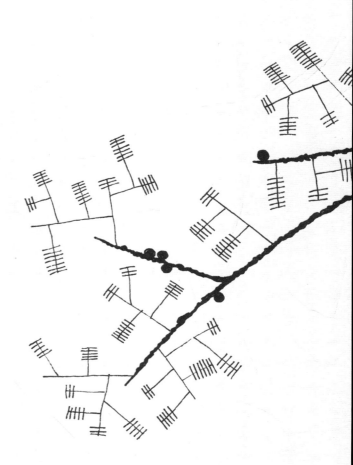

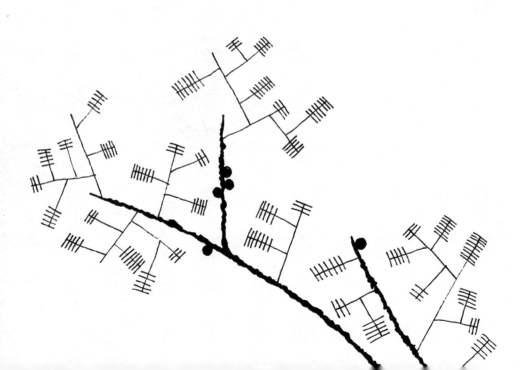

— Dá licença?

Assim ela chegou na beira do rio. Desceu o barranco, desamarrou a canoa e seguiu.

Depois de remar e se afastar do barranco, ela recolheu o remo e deixou a canoa deslizar ao bem-querer da água.

O sol, ainda calmo, aquecia aquela pele escura como a noite. Ele, que criava o dia, vestia de beleza aquelas mãos descobertas que desenhavam linhas tortas nas ondulações da água.

E ali, sentada na proa da canoa, ela navegava calmamente pela baía em direção à parte mais larga do Guaporé. E com o embalo das ondas e aquele brilho incandescente do espelho-d'água, ela se concentrou e se pôs a escutar os ruídos do lugar.

E o rio começou a cantar a história daquele dia. Uma cantiga longa, sinuosa, cheia de silêncios, cheia de outras vozes, cheia de vidas. Era uma cantiga de rio baixo.

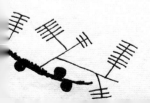

Ela tinha escutado tudo. Viu, sentiu os cheiros e, também, foi agraciada com uma boa pescaria. Remou de volta. Já na beira, ergueu a bacia cheia de peixes miúdos, olhou para o rio, agradeceu e subiu o barranco no caminho para casa.

JOSIAS MARINHO CASADECABA (@josiasmarinhocportfolio) é professor-artista na Universidade Federal de Roraima, UFRR. Filho de D. Augusta e Seu Pedro, nasceu na região quilombola Forte Príncipe da Beira, no estado de Rondônia.

Bacharel em desenho e licenciado em artes plásticas pela Escola de Belas-Artes da Universidade Federal de Minas Gerais (EBA-UFMG), é autor do livro-imagem *Benedito* (Caramelo, 2014).

Três de suas publicações foram selecionadas para o catálogo anual da FNLIJ (Fundação Nacional do Livro Infantil e Juvenil) na Feira de Bolonha: *Zumbi dos Palmares em cordel* (texto de Madu Costa. Mazza Edições, 2013), *O príncipe da beira* (Mazza Edições, 2011) e *Omo-oba: histórias de princesas* (texto de Kiusam de Oliveira. Mazza Edições, 2009).

Um de seus trabalhos mais recentes como ilustrador, *O mar de Manu* (texto de Cidinha da Silva. Yellowfante, 2021), foi vencedor do prêmio APCA 2021 (Associação Paulista dos Críticos de Arte de São Paulo) na categoria livro infantil.

Copyright do texto e das ilustrações © 2025 by Josias Marinho

Grafia atualizada segundo o Acordo Ortográfico da Língua Portuguesa de 1990, que entrou em vigor no Brasil em 2009.

Revisão
FERNANDA FRANÇA
WILLIANS CALAZANS

Tratamento de imagem
AMÉRICO FREIRIA

Todos os direitos desta edição reservados à
EDITORA PEQUENA ZAHAR
Praça Floriano, 19, sala 3001 — Cinelândia
20031-050 — Rio de Janeiro — RJ — Brasil
☎ (21) 3993-7510
 companhiadasletras.com.br/pequenazahar
 /pequenazahar
 @pequenazahar
 /CanalLetrinhaZ

Dados Internacionais de Catalogação na Publicação (CIP)
(Câmara Brasileira do Livro, SP, Brasil)

 Marinho, Josias
  Bateção / [texto e ilustrações] Josias Marinho.
 — 1ª ed. — Rio de Janeiro : Editora Pequena Zahar, 2025.
  ISBN 978-85-67100-66-1
  1. Literatura infantojuvenil 2. Livros ilustrados para crianças. I. Título.
25-248088 CDD-028.5

Índices para catálogo sistemático:
1. Literatura infantil 028.5
2. Literatura infantojuvenil 028.5

Cibele Maria Dias — Bibliotecária — CRB-8/9427

A marca FSC® é a garantia de que a madeira utilizada na fabricação do papel deste livro provém de florestas que foram gerenciadas de maneira ambientalmente correta, socialmente justa e economicamente viável, além de outras fontes de origem controlada.

Esta obra foi composta em Andong Katuri e impressa pela Gráfica HRosa em ofsete sobre papel Alta Alvura da Suzano S.A. para a Editora Schwarcz em fevereiro de 2025